EXTRAIT
DU SALUT PUBLIC
Du 29 Janvier 1850.

Nous recevons de M. le maire d'Oullins la lettre suivante que nous publions à titre de renseignements et sans nous prononcer dans le grave débat auquel elle se rattache.

« Monsieur le rédacteur,

« Une bande armée, sortie de Lyon, vint en février 1848 incendier le Pénitencier d'Oullins.

« Il fut impossible de s'y opposer.

« Néanmoins, un jugement du tribunal de première instance vient d'appliquer la loi du dix vendémiaire à la commune d'Oullins qui va interjeter appel.

« J'ai l'honneur de vous prier de vouloir bien publier la lettre suivante, que m'a adressée un de ceux qui doivent concourir à notre défense.

« Le maire d'Oullins,

« DESCHAMPS. »

« Monsieur,

« Vous me faites l'honneur de me demander mon avis sur la loi de vendémiaire et sur son application à la commune d'Oullins.

« La loi de vendémiaire m'a toujours paru injuste; maintenant que les temps sont changés, elle me paraît plus injuste que jamais, et si j'étais appelé à décider de son sort, elle disparaîtrait de nos codes.

« En effet, quels motifs détermineront la création de cette loi sans dignité dans son origine, sans égalité dans son application, sans efficacité dans son but de répression.

1850

2

« Ces motifs furent les vengeances, les incendies, les spoliations commises sur les acquéreurs de biens nationaux.

« De toutes parts rentrés en France, les émigrés ne pouvaient voir sans un amer chagrin, sans un désir de réaction qui se conçoit, les biens qu'ils possédaient naguère briller entre les mains d'hommes qu'ils regardaient comme leurs ennemis.

« Et bientôt les acquéreurs de biens nationaux, incendiés, volés, persécutés, réclamèrent la protection du gouvernement.

« La convention, qui devait tomber le quatre brumaire, fit le dix vendémiaire, vingt-quatre jours avant sa chute, sa loi moins terrible que les décrets au moyen desquels elle battait monnaie sur la place de la Révolution, mais funeste aussi à la propriété qu'elle attaque en paraissant la défendre, qu'elle mine en paraissant la conserver.

« Cette loi exige qu'une commune privée des moyens extraordinaires d'autorité, de police, de force armée, de communications, de ressources financières que possède un gouvernement, fasse ce que ce gouvernement lui-même ne peut faire ou refuse de faire; et si la commune n'a pas rempli sa place qu'il déserte, sa fonction dont il ne s'est pas acquitté, cette loi frappe les propriétaires, même enfants en bas âge, même femmes, même vieillards, même infirmes, même malades, même absents, qui évidemment n'ont rien pu faire, rien empêcher, et elle ne frappe pas les hommes valides, vigoureux, qui auraient pu agir, mais qui, ne possédant rien, sont venus comme à un spectacle gratuit, assister à la dévastation, s'en réjouir même en pensant au bénéfice qu'ils retireront des reconstructions indispensables, certains qu'ils sont que la loi ne les atteindra pas, et que dans la destruction d'une propriété ils peuvent sans crainte:

« Voir en cela double profit à faire,
« Leur bien premièrement, et puis le mal d'autrui.

3

« Mais si, sous le régime même de la convention,
cette loi était sans dignité, sans justice, sans égalité,
elle l'est bien davantage aujourd'hui.

«La convention pouvait espérer d'atteindre par elle,
au milieu d'une foule d'innocents, quelques propriétaires parents ou amis d'émigrés, ou des émigrés
eux-mêmes, et sa loi s'appuyait sur cet axiôme, peu
infaillible cependant : *Is fecit cui prodest.*

« Mais maintenant quels sont les propriétaires qui
ont intérêt à dévaster une partie de leur commune;
quels sont ceux que l'ardeur de la vengeance, que
l'espoir de l'impunité, peuvent entraîner à des crimes semblables? Est-ce qu'ils ignorent qu'il n'est
besoin ni de la loi de vendémiaire ni d'aucune autre
loi exceptionnelle pour les atteindre lorsqu'ils sont
coupables ?

« Pour soutenir cette loi, vainement dira-t-on que
son but est aussi de contraindre au dévouement, de
forcer les propriétaires à se réunir contre les dévastateurs, d'assurer une indemnité aux victimes.

« D'abord, le dévouement, s'il n'existe pas, ne peut
pas être créé; s'il existe, il ne peut être contraint;
sans ordre, sans insinuation, sans prière, il part de
lui-même, il s'élance, il éclate.

« Ensuite, un propriétaire aimera toujours mieux,
quand il s'agit de sauver des choses d'une valeur
plus ou moins grande, mais matérielles et inanimées,
exposer sa fortune que sa vie. Sa femme, ses enfants,
ses parents lui diront toujours « : Paie s'il le faut,
mais ne va pas te faire tuer. »

« Aussi la loi n'atteindra et n'a jamais atteint son
but; elle n'a jamais arrêté, elle n'arrêtera jamais le
ravage.

« Elle rendra bien aux incendiés ce qu'ils auront
perdu, mais elle le leur rendra par une première in-
justice, en consacrant la spoliation des innocents,
tandis que, par une seconde, elle ne frappera que
quelques uns des coupables d'indifférence, et n'atteindra pas le plus grand nombre.

« Enfin, si la loi de vendémiaire exige des communes la répression par elles-mêmes des émeutes, des dévastations, des crimes commis dans leur sein, qu'elle leur rende leur ancien pouvoir; qu'elles puissent posséder les armes qui leur sont nécessaires; qu'elles puissent, par des agents de leur choix, surveiller les hommes suspects, renvoyer de leur territoire les hommes dangereux, désarmer ceux qui ne possèdent pas leur confiance.

« Mais quand les communes seront privées de la faculté de se surveiller elles-mêmes, qu'elles ne posséderont ni armes ni munitions, qu'elles ne pourront pas éloigner d'elles les hommes de désordre, les repris de justice, les ennemis déclarés d'un gouvernement établi, venir leur dire : « Vous serez res-« ponsables de tout ce qui se fera parmi vous contre « les individus, contre les propriétés, contre l'état, » c'est agir sans dignité, sans justice, en hommes d'expédients, en gouvernement aux abois, et non en hommes de pouvoir et de législation.

« N'est-il pas plus digne, plus juste, plus gouvernemental que les malheurs causés par une émeute dont la répression est au-dessus des forces d'une commune qu'elle écrase, dont la soudaineté surprend ou désarme tout pouvoir, soient supportés par le trésor public, ainsi que le sont les désastres produits par les inondations, par les orages?

« Quoi qu'il en soit, la loi de vendémiaire a été appliquée à votre commune.

« Examinons si cette loi injuste a été appliquée avec justice.

« Voici les faits; vous en affirmez la vérité, je vous crois.

« Le lendemain de la révolution de février, et tout-à-coup, dans Lyon, dans ses faubourgs, dans Oullins, dans les communes environnantes, il devint de notoriété publique qu'une bande de dévastateurs se préparait à incendier l'établissement appelé le Pénitencier d'Oullins.

« A l'instant même, l'administration communale d'Oullins avertit, et à plusieurs reprises, l'autorité qui commandait à Lyon et au département. Elle l'appela avec instance au secours de l'établissement menacé, qu'elle était évidemment impuissante à protéger seule.

« Jusqu'à l'importunité, elle demanda des armes, des munitions, des ordres pour reformer sa garde nationale dissoute et désarmée en mil huit cent trente-quatre, et concourir ainsi à la répression des ravages annoncés.

« Tout fut inutile. Elle ne reçut ni direction, ni armes, ni munitions, ni secours.

« Une bande de six cents hommes environ, tous étrangers à la commune d'Oullins, armés, tambour en tête, drapeau rouge déployé, rangés en colonne d'attaque, en plein jour sortit de Lyon, arriva en ordre devant le Pénitencier, plaça des sentinelles avec consigne d'empêcher l'approche de cet établissement, avec ordre de faire feu sur quiconque tenterait de violer la consigne, annonça hautement qu'elle agissait par l'ordre du gouvernement, menaça de mort tout opposant à son exécution.

« Atterrée, sans direction, sans organisation défensive, sans munitions, sans armes, sans secours, sachant que les dévastateurs ravageaient Lyon, ses faubourgs, les communes voisines, et n'étaient pas réprimés; intimement convaincue que, victorieuse des incendiaires le jour même, le lendemain elle serait vaincue et écrasée par la réunion des hommes de désordre, largement fournis d'armes, de munitions, qui comprimaient Lyon et le département, la commune d'Oullins sentit son impuissance, son malheur, et s'arrêta frémissante mais inactive devant un torrent dévastateur par lequel elle pouvait bien se faire détruire, mais qu'elle ne pouvait ni diriger ni dominer.

« Si les choses se sont passées ainsi, je ne puis comprendre le jugement qui vous frappe.

« La loi, tout injuste qu'elle est, déclare formellement, titre IV, art. 8, que « cette responsabilité des « communes n'aura pas lieu dans les cas où elle au-

« ra pris toutes les mesures qui étaient en son pou-
« voir pour prévenir l'événement, et encore dans
« le cas où elle désignerait les auteurs, provoca-
« teurs et complices du délit, tous étrangers à la com-
« mune. »

« La cour de cassation a décidé aussi, par son arrêt du 27 juin 1822, « que les communes ne sont
« pas responsables des pillages commis sur leur ter-
« ritoire, lorsque ces pillages ont eu lieu dans un
« moment de guerre civile, où les liens sociaux
« étaient rompus, les lois sans force et les magistrats
« sans autorité, de telle sorte que les moyens indi-
« qués par la loi comme propres à prévenir ou à ré-
« primer les délits et à en faire connaître les au-
« teurs avaient momentanément perdu toute leur
« influence. »

« Or, y eut-il jamais anarchie plus évidente, impossibilité de répression plus manifeste ?

« Non, la loi de vendémiaire ne pouvait pas, ne
pourra jamais vous être appliquée avec justice.

« Quand vous vous présenterez devant d'autres
magistrats, quand vous aurez prouvé :

« Que vous avez fait vos efforts pour vous mettre
sur la défensive, pour obtenir des secours;

« Que les moyens de défense ne vous ont pas été
donnés, que les secours vous ont manqué;

« Que l'anarchie était telle, qu'avant l'incendie du
Pénitencier, et longtemps après dans Lyon, dans
ses faubourgs, dans les communes environnantes, des
ravages semblables épouvantaient les populations
consternées, toutes impuissantes à rien arrêter;

« Que du haut de la tribune nationale, le chef du
pouvoir départemental, le délégué du gouvernement
provisoire, a proclamé lui-même la vérité de l'existence d'une anarchie indomptable dans le département du Rhône;

« Qu'il est de notoriété publique qu'insulté lui-
même, menacé de mort, ce chef, M. Emmanuel Ara-
go, a dû fléchir, prendre un air soumis, caressant, et
surtout ne rien réprimer, ne porter aucune plainte,
ne faire ni laisser faire aucune poursuite;

« Que la magistrature a vu un de ses principaux
membres enlevé par les anarchistes, conduit en
plein jour la corde au cou, enfermé dans une cave ;
qu'elle n'a pu rien empêcher, rien accuser, rien punir;

« Que l'autorité militaire enfin, ce type de l'é-
nergie de la résistance, de la force de protection,
voyait ceux qu'elle punissait, ou voulait punir, arrachés de ses mains au milieu des outrages, et sous
ses yeux portés en triomphe ;

« Alors soyez certain que par leur arrêt vos
juges proclameront qu'une faible commune n'est
pas plus forte qu'une ville opulente, qu'une administration rurale n'a pas une puissance supérieure à
celle du chef du département, qu'un conseil municipal n'a pas plus d'autorité que la magistrature, que
de paisibles citadins sans armes ne peuvent entre-
prendre ce qu'une armée n'ose même essayer, et
que si la seconde ville de France, si le chef d'un de
ses premiers départements, si la magistrature, si
l'armée ont été comprimés, insultés publiquement,
impunément par l'anarchie triomphante, la commune d'Oullins, faible, désarmée, délaissée, est
bien excusable d'avoir subi le même sort.

« Malgré toutes ces impossibilités de l'application
de la loi, si cependant (ce ne saurait se concevoir
sous un gouvernement éclairé, juste, régulier,) un
arrêt venait déclarer de nouveau que votre commune est placée sous le coup de la loi de vendémiaire, examinons quelle serait sa situation devant
cette loi, connaissons les désastreux effets de son
exécution, écoutons les cris des victimes, appré-
cions la puissance et la durée des malédictions contre les juges qui auraient prononcé, contre le gouvernement qui aurait permis, contre les personnes
qui auraient provoqué l'arrêt de la spoliation d'hommes qui se sentent et avec raison complétement innocents.

« La loi de vendémiaire ne condamne à l'indemnité que les habitants résidants, domiciliés.

« La convention promulguait des décrets implac-
cables comme la mort, durs et tranchants comme

l'acier de la guillotine, mais elle ne rendait pas des arrêts ridicules. Elle n'a pas prétendu qu'une propriété fût coupable et punissable, elle ne frappait que le propriétaire résidant, domicilié. (Art. 8 et 9 du titre 5 de la loi.)

« Le domicile de tout Français est dans le lieu où il a son principal établissement. (Art. 102 du code civil.)

« Or, d'après vos explications, plus des trois-quarts de la commune d'Oullins appartiennent aux hôpitaux de Lyon, à des négociants, à divers particuliers venant y passer la belle saison, ne s'y trouvant certainement pas au mois de février, enfin à d'autres propriétaires n'y résidant en aucun temps.

« Le reste du territoire de la commune est la propriété d'honorables cultivateurs, presque tous artisans de leurs fortunes, d'anciens ouvriers industriels, qui, de leurs épargnes si respectables, ont acheté une petite habitation où, dans la paix, ils jouissent du fruit de leurs longs travaux.

« C'est donc à ces hommes si intéressants, qui ne lui ont point fait de mal, qui, évidemment, n'ont pu empêcher celui qu'on lui a fait, que le Pénitencier viendrait demander ses quatre cent cinquante mille francs?

« C'est donc de ces hommes innocents qu'il viendrait réclamer les dépouilles, consommer la ruine, causer le désespoir dont il est affreux de calculer les suites?

« Et ce n'est pas tout encore, quand il serait en face de ces travailleurs devenus propriétaires, quand on aurait défalqué leurs dettes, hypothéquées ou non, le Pénitencier se croit-il bien sûr de trouver ses quatre cent cinquante mille francs, même au prix d'une expropriation complète?

« Vous n'osez l'assurer; vous croyez même que non.

« Alors ce serait si horrible, que la plume tombe des mains. »

R. Chanoine, imprimeur à Lyon.

EXTRAIT

DU SALUT PUBLIC

Du 8 Février 1850.

———— ❧ ————

Monsieur le rédacteur,

Dans sa séance du 3 février, le conseil municipal de la commune d'Oullins, sur le rapport de sa commission de défense, a décidé qu'il interjetterait appel du jugement qui condamne la commune à payer au Pénitencier quatre cent cinquante mille francs pour réparation des dommages qu'il a éprouvés en 1848.

J'ai l'honneur de vous prier de vouloir bien publier ce rapport.

Le Maire d'Oullins,

DESCHAMPS.

« Messieurs,

« En commençant notre travail, nous avons surtout été frappés de quatre faits principaux, tous quatre bien extraordinaires : La sécurité complète de la commune en face de la terrible accusation sous laquelle elle vient de succomber ; l'absence presque totale de recherche et de production de ses moyens de défense ; la sévérité rigoureuse avec laquelle le tribunal nous a frappés ; enfin la partialité avec laquelle l'opinion publique nous considère, l'indignation dont elle nous environne, l'injure dont elle nous blesse.

« Nous avons dû marcher à la recherche de ces circonstances déplorables, de cette situation imméritée.

» Vous le savez, messieurs, dès que le départ du plus grand nombre des incendiaires permit de venir au secours du Pénitencier qu'ils avaient, disaient ils, ordre d'incendier de fond en comble, les habitants d'Oullins s'élancèrent vers les bâtiments dont les approches étaient toujours dangereuses, mais étaient devenues libres.

« Il n'y avait plus alors à braver que des périls ordinaires, des périls dont on pouvait tomber victimes, mais qu'on pouvait espérer de vaincre.

« En nous voyant, les incendiaires éclatèrent en menaces, déclarèrent avec fureur que la bande entière allait revenir, et revenir terrible et plus nombreuse. Par la force, ils repoussèrent les secours dirigés contre l'incendie. L'abbé Besson, le remplaçant de M. Rey, voulut, aidé de ses frères, arracher à la destruction des effets placés dans des chambres que les flammes n'avaient pas encore embrasées. Vaines tentatives, les incendiaires étaient là ; ils attisaient le feu ; ils repoussaient ceux qui voulaient l'éteindre. Avec rage ils s'écriaient : « Tout doit périr ! » et l'abbé Besson fut mis en fuite.

« Mais, nous l'avons dit, il ne s'agissait plus que de périls ordinaires ; par les démarches les plus réitérées, par les supplications les plus ardentes, quarante fusils avaient été arrachés à l'inconcevable apathie de ceux qui avaient pris le pouvoir. Ces quarante fusils, M. Perrachon, l'un des adjoints, était allé les chercher lui-même, et les apporta le soir dans sa voiture.

« Nous avions enfin des armes, et bien qu'aucune munition ne fût en notre pouvoir, on marcha résolument.

« Emu par les prières de l'abbé Besson, le sieur Dubessy s'élança le premier, et terrassa les incendiaires qui s'opposaient au sauvetage des effets. Le sieur Guibert eut son fusil brisé dans la lutte ; on rivalisa de zèle, de courage, et ce qui reste du Pénitencier, ce qui a été sauvé des flammes, on le doit aux habitants d'Oullins.

« Ils crurent, et ils croient encore, avoir fait leur devoir dans les limites les plus rigoureuses du possible.

« Aussi la demande d'indemnité que fit bientôt tomber sur eux le Pénitencier les surprit, mais leur parut un de ces actes étranges qu'inspire le malheur, une de ces tentatives injustes dont on n'a rien à redouter dans un pays de haute législation, d'administration éclairée et prudente.

« La sécurité de la commune fut partagée par le conseil municipal, car lui aussi, il avait fait son devoir.

« Depuis deux jours que les menaces d'incendie du Pénitencier, grondaient au loin sombres et terribles, s'approchaient de cet établissement voué aux flammes, le corps municipal était pour ainsi dire en permanence, ayant devant lui les lois qui lui dictaient ses devoirs, l'état de situation morale de la commune, l'exposé des moyens dont il pouvait disposer pour assurer l'ordre, pour que force restât à la loi.

« L'état de situation morale de la commune était excellent. Pas un habitant ne pouvait même être soupçonné du crime qui se préparait.

« Tous s'y opposeraient si on leur en donnait les moyens. Mais là commençait le désespoir.

« La garde nationale n'existait pas ; elle avait eu le sort de celle de Lyon; elle avait été désarmée, dissoute.

4

« La commune ne possédait ni armes ni munitions.

« Le maire a le droit de requérir la force armée ;
mais la force armée avait pour ainsi dire disparu.

« Il ne restait qu'une population disséminée, sans
organisation, sans armes, sans munitions, qui allait
se trouver en présence de bandes nombreuses, ar-
mées, se croyant sûres de l'impunité, précédées
des hommes de désordre et de pillage, vautours iné-
vitables des émeutes de quelque couleur qu'elles
soient, et tous excités à la destruction des établisse-
ments religieux industriels par les discours les plus
volcaniques, lancés non-seulement du sein des so-
ciétés secrètes, non-seulement de la fougue des ban-
quets réformistes, mais encore de la tribune nationale elle-même.

« Dans ce dénûment complet, il fallait faire connaître aux puissances du jour l'imminence d'un danger qu'elles devaient cependant connaître, disons
tout, qu'elles connaissaient mieux que nous; il fallait
demander des moyens de salut ; il fallait crier au secours.

« On a crié.

« Hommes de la magistrature municipale, hommes du sacerdoce, ministres de la religion, propriétaires menacés, habitants désespérés de leur impuissance, tous se sont présentés devant ceux qui devaient protection, devant ceux qui pouvaient donner des moyens de résistance, devant ceux qui ne ré-
pondaient pas, devant ceux qui promettaient et ne
faisaient rien, et tous sont rentrés dans leurs foyers,
épouvantés de cette complicité de l'inaction.

« Le 28 février 1848, à dix heures du matin, les
bandes incendiaires paraissent à Oullins. Le roule-
ment prolongé de leurs tambours, leur marche sans
hésitation, sans crainte de témoins, en plein jour,
annoncent qu'elles ne redoutent rien. Leur drapeau,
qui n'a jamais été celui de la France, fait connaître

qu'elles attaquent l'ordre établi. Leurs rangs serrés, leurs armes apparentes, leurs fusils, leurs pistolets, leurs poignards manifestent leur force, leur puissance irrésistible de destruction; leurs cris sauvages, en lugubres éclats, portent au Pénitencier l'arrêt de sa devastation complète. Avec audace, ils déclarent qu'ils agissent au nom de l'autorité.

« Le corps municipal est toujours en permanence, toujours sans moyen d'action, toujours sans secours. Il se dit, et il se dit avec raison : Ou les hommes qui paraissent agissent au nom de l'autorité, ou ils l'ont vaincue.

« Dans des circonstances ordinaires, en face de l'émeute, quel est le devoir d'un maire?

« Il marche au-devant de l'émeute.

« Il somme trois fois le rassemblement de se dissiper.

« Il fait faire trois roulements de tambour.

« Il s'écrie: On va faire feu, que les bons citoyens se retirent.

« Il commande à la force armée d'opposer la mort au crime.

« Le maire d'Oullins pouvait marcher au-devant de l'émeute.

« Il pouvait faire les sommations qui précèdent l'emploi de la force.

« Que pouvait-il encore ?

« Il pouvait se faire tuer. Non, je me trompe, on ne lui eût pas fait l'honneur d'une mort glorieuse, on lui eût mis une corde au cou comme on la mit plus tard à un magistrat comme lui, il eût été insulté, frappé, traîné dans la boue; comme lui il se fût écrié : On tue un ennemi, on ne le déshonore pas ! Mais, comme lui, il eût, dans le désespoir, assisté au triomphe de l'anarchie.

« Le maire d'Oullins, messieurs, a reculé devant tant d'horreurs. En France, on marche à la mort, on ne marche pas à l'outrage.

« Que tout homme de cœur mette la main sur sa poitrine, il sentira qu'il eût agi comme le maire d'Oullins.

« Répétons-le donc hautement: le maire a fait son devoir, la commune a fait le sien. Si la sécurité de tous a été complète, c'est qu'elle était fondée. Si le sommeil de tous a été profond, c'est qu'il avait droit de l'être. Le sommeil de l'homme de bien est durable et sans trouble.

« Une considération puissante venait encore rassurer la commune sur les suites de cet inconcevable procès.

« Quels sont en effet ses adversaires, quels sont ceux au nom desquels on lui demande une écrasante indemnité ?

« Ce sont des hommes éclairés, probes, sincères, qu'elle a comblés de bienfaits, qu'elle s'est efforcée de défendre, dont elle a de tout son pouvoir sauvé l'établissement; ce sont des hommes religieux auxquels la religion interdit de recevoir une indemnité de ceux qui ne leur ont point fait de mal, et, qui, lorsque les lois civiles et les lois religieuses sont en présence, n'obéissent qu'aux lois religieuses, et répondent aux lois civiles: *non possumus.*

« Non, disait-on, ce procès n'est qu'une fiction; il n'a pour but que d'obtenir un secours du gouvernement; loin de se défendre contre le Pénitencier, il faut lui continuer la protection accoutumée, ne pas le gêner dans sa marche, ne paraître dans la procédure que pour la forme.

« C'est ce qu'on a fait. Le procès a été abandonné par nous, laissé sans moyens de défense, et enfin, pour la commune, réellement plaidé et jugé à huis clos.

« Aucun de ses magistrats,

« Aucun de ses habitants n'était présent.

« La commune d'Oullins a appris par les journaux qu'elle avait été jugée et condamnée.

« Ajoutons que cette abstention nous était encore
inspirée par la conduite de l'autorité supérieure
qui a refusé de permettre qu'on nous attaquât, qui
a refusé de nous autoriser à nous défendre, condam-
nant ainsi d'avance nos adversaires, et faisant connaître que, dans son opinion, ce procès est une injusti-
ce, une impossibilité.

« De notre espèce de non-comparution est venue
sans doute la rigueur excessive du tribunal envers
nous. Il nous a considérés comme des coupables n'o-
sant même se défendre. De là est née aussi cette opi·
nion publique si partiale, si irritée, si injurieuse
pour notre commune.

« Ils n'ont osé, s'écrie-t-on, se défendre ni devant
l'émeute ni devant la justice.

« C'est une commune dont il faut faire un exemple
qui force les autres à prendre les armes dans des circonstances semblables.

« C'est une commune que les émeutiers ont déjà
désarmée en 1834.

« C'est une commune dont le territoire n'offre
point de sûreté, dont les habitants sont indifférents
pour l'ordre et même capables de l'attaquer.

« Soyons sans douleur, sans irritation contre ces
discours d'hommes violents et superficiels, qui ignorent les faits, et qui, mieux instruits, seront bientôt
les premiers à dire qu'en mil huit cent quarante-huit
nous ne pouvions résister.

« Qu'en mil huit cent trente-quatre nous ne le
pouvions pas davantage, et que, d'ailleurs, à cette.
époque, c'est la troupe de ligne qui, largement four-
nie des munitions qui nous manquaient, n'a pu cependant se défendre, a été désarmée la première, la première a subi la défaite qu'on nous reproche.

« Entre autres circonstances qui nous vengent des
injures qu'on nous adresse, il est un fait honorable
pour nous ; l'opinion publique égarée en aura tôt ou
tard connaissance, elle en sera émue en notre fa-
veur.

« Au milieu de l'épouvante générale qui régnait dans les derniers jours de février 1848, l'archevêque de Lyon, le chef de la religion dans le département du Rhône, le prince de l'église, le primat des Gaules, malgré ses titres éminents, malgré la sainteté du caractère dont il est revêtu, ne se trouvant pas en sûreté, même au milieu de la population la plus religieuse de la France, crut devoir chercher son salut dans l'éloignement.

» Où son estime, sa confiance lui ont-elles inspiré de choisir un asile et de se dire : je suis en sûreté ?

« Est-ce au sein de la magistrature ? non, elle était absente ou sans autorité.

« Est-ce près des grands pouvoirs de l'état ? non, ils étaient vaincus.

« Est-ce dans les rangs de l'armée ? non, l'insubordination qui grondait déjà dans quelques-uns de ses corps en faisait un danger ; son hésitation, son incertitude la frappait d'impuissance.

« Est-ce dans les forts ? non, la plupart étaient envahis, et l'ordre d'un général qui, de désespoir, a cherché et trouvé la mort sur les champs de bataille, prescrivait de livrer les autres aux vainqueurs.

« Non, non ! entendez-le bien, vous tous qui appelez la commune d'Oullins une commune lâche et dangereuse pour l'ordre, c'est dans la commune d'Oullins que l'archevêque de Lyon a voulu, cherché et trouvé ce qu'il voudrait, chercherait et trouverait encore au besoin : le respect dans toutes ses formes, l'hospitalité dans toute sa bienveillance, l'asile dans tout son mystère, dans toute son inviolabilité.

« Après le coup qui nous frappe, après notre condamnation par le tribunal de première instance, quelle doit être notre conduite ?

« Nous croyons sincèrement que la résistance à l'émeute était impossible dans la situation que nous avait faite l'ancien gouvernement, dans la situation où nous maintenait le gouvernement nouveau, dans l'abandon où il nous laissait ;

« Que, dans ce déplorable état de choses, le corps municipal, la commune ont fait leur devoir ; que ne pouvant évidemment réprimer la dévastation, ils en ont fait connaître les auteurs, contre lesquels le maire a dressé procès-verbal ;

«Que nous sommes placés sous l'égide de l'exception légale par l'existence de l'anarchie la plus manifeste.

« Et nous sommes unanimement d'avis que la commune doit interjeter appel.

« Si nous eussions pu rester un instant dans l'hésitation, la lecture du jugement nous en eût bien promptement retirés.

« Cette lecture ne démontre-t-elle pas de la manière la plus évidente que la religion du tribunal a été surprise, que notre silence a été notre accusateur principal, que les faits ont été dénaturés, interprétés à notre préjudice, ou même complétement ignorés?

« Il a été articulé par le Pénitencier, et le tribunal
« a tenu pour constant que, dans la journée du vingt-
« huit février mil huit cent quarante-huit, un rassem-
« blement formé en partie de gens venus de la Croix-
« Rousse, et en partie d'ouvriers habitant la com-
« mune d'Oullins, a pénétré de vive force dans la
« maison du Refuge, tenue à Oullins par l'abbé Rey,
« et s'est livré à des scènes de dévastation, d'incendie
« et de pillage, qui ne se sont terminées que dans la
« journée du lendemain 29. »

« Ainsi s'exprime le jugement.

« Quelles preuves le Pénitencier a-t-il données de la complicité des habitants d'Oullins aux dévastations que nous déplorons autant que lui, et auxquelles son personnel de près de deux cents hommes n'a pas opposé la moindre résistance ?

« Que les habitants d'Oullins incendiaires, voleurs, soient signalés à la justice qui doit les frapper, que le Pénitencier s'empare de leur fortune entière, de leur fortune présente et à venir, il en a le droit au nom des lois ordinaires, sans être forcé de recourir à un décret révolutionnaire, sans perdre la tranquillité de conscience, sans violer les lois religieuses qui lui défendent d'exiger une indemnité de ceux qui ne lui ont pas fait de mal, de ceux qui l'ont secouru, de ceux qui l'ont comblé de bienfaits.

« Il a été articulé par le Pénitencier que les magistrats municipaux étaient réunis lors de l'arrivée des bandes dévastatrices.

« Oui, les magistrats municipaux étaient réunis.

« Cette réunion prouve leur vigilance, comme le manque de moyens d'action prouve leur impuissance, comme le manque de secours cent fois réclamés prouve au moins l'anarchie, comme leur procès-verbal constatant que les bandes sont venues de Lyon prouve qu'ils ont encore rempli cette dernière exigence de la loi, qui veut qu'on fasse connaître les auteurs d'un ravage qu'on n'a pu empêcher.

« Le tribunal commence par déclarer que la loi de vendémiaire est une loi de sage politique. Nous la croyons provocante au dernier point, impolitique au-delà de toute mesure.

« Qu'elle est d'une haute moralité. Nous la croyons immorale comme tout ce qui frappe l'innocent sans atteindre le coupable.

« Le tribunal pense que nous ne sommes pas dans les cas d'exception. Et les preuves les plus accablantes démontrent l'existence de l'anarchie, existence qui nous maintient invinciblement dans les cas d'exception.

« Tous les grands pouvoirs de l'état n'avaient-ils pas cherché leur salut dans la fuite ou dans la séquestration ? Où était le chef du pouvoir religieux ? Fugitif et caché dans Oullins. Le préfet ne refusait-il pas de prêter son concours au gouvernement nouveau ? La force armée ne s'était-elle pas concentrée et séquestrée dans l'inaction ? et la magistrature donnait-elle signe d'existence ?

« Mais les mandataires du pouvoir nouveau ?

« Les mandataires du pouvoir nouveau ! Ecoutez la voix de leur chef s'exprimant ainsi du haut de la tribune nationale :

« L'état où se trouvait la ville de Lyon quand j'y
« suis arrivé, qui ne l'a pas vu, citoyens, ne peut
« s'en faire une idée. Maîtres des forts qu'ils occu-
« paient depuis deux jours, et maîtres de la ville de
« Lyon, de la Croix Rousse, des Brotteaux et de la
« Guillotière, cinquante mille hommes étaient là,
« sans pain, sans travail, à moitié nus, mais bien ar-
« més, pleins d'enthousiasme et d'ardeur pour la
« révolution, mais le cœur plein aussi de sombres dé-
« fiances, de vieux ressentiments, mais prêts à n'é-
« couter que les suggestions d'une profonde misère,
« que les conseils du désespoir. »

« Le tribunal adopte le rapport de l'expert qui fixe à trois cent quatre-vingt-dix-sept mille deux cent quarante-quatre francs le chiffre des pertes éprouvées par le Pénitencier.

« Nous croyons ce chiffre exagéré au point de justifier l'indignation qu'il excite.

« Le tribunal renvoie de cause la ville de Lyon.

« Et son conseil municipal avoue lui même (ce qui, du reste, est de notoriété publique) que les bandes incendiaires sont sorties de Lyon. Il n'invoque pour excuse que l'anarchie dont on nous dispute l'existence.

« Le tribunal tient pour constant que le rassemblement était en partie composé de gens venus de la Croix-Rousse. Et le ministère public, si rigoureux pour nous attaquer, ne nous protége pas en appelant, au nom de la loi, la commune de la Croix-Rousse à la réparation d'une dévastation commise par ses habitants.

« Le tribunal renvoie l'état de la demande en garantie, et il sait que l'état ne l'a pas défendu lui-même, que la magistrature, en plein jour, a été, dans la personne d'un de ses membres, insultée, traînée en criminelle par l'anarchie victorieuse du pouvoir gouvernemental.

« Oui, si nous avions pu hésiter un moment, la lecture du jugement nous entraînerait invinciblement à vous donner ce conseil unanime, réfléchi, sans retour :

« La commune d'Oullins doit interjeter appel.

www.ingramcontent.com/pod-product-compliance
Lightning Source LLC
LaVergne TN
LVHW021756030726
842523LV00003B/1038